Copyright © Text und Illustrationen
2002 by Clavis Uitgeverij, Amsterdam-Hasselt
First published in Belgium
as *Eva in het Land van de verloren zusjes*
by Clavis Uitgeverij, Amsterdam-Hasselt

Die Deutsche Bibliothek verzeichnet diese Publikation
in der Deutschen Nationalbibliografie;
detaillierte bibliografische Daten sind im Internet
über http://dnb.ddb.de abrufbar

© der deutschen Übersetzung
2004 Patmos Verlag GmbH & Co. KG
Sauerländer Verlag, Düsseldorf
Alle Rechte vorbehalten
Printed in Belgium
ISBN 3-7941-5021-X

Eva
im Land der verlorenen Schwestern

Philippe Goossens
Thierry Robberecht

Aus dem Niederländischen von Isabelle Fuchs

Sauerländer

Lisa ist Evas große Schwester.

Sie sehen sich ähnlich,

sind aber doch sehr verschieden.

Eva ist Lisas kleine Schwester.

Die beiden teilen ihre Geheimnisse, das macht das Leben leichter.

Die Leute sagen,
dass Lisa und Eva unzertrennlich sind,
aber die Leute reden ja viel.

Denn Lisa ist gestorben ...

Da machte sich Eva auf den Weg

in das Land der verlorenen Schwestern.

In diesem Land darf man traurig sein,
und das ist gut so.
Dort sind die Zimmer immer zu groß
und die Nächte zu dunkel.

In diesem Land möchte man immer lachen, wenn die anderen traurig sind.

Und wenn die anderen froh sind, möchte man selbst lieber weinen.

Manchmal sehen die Wolken wie Lisas Gesicht aus.

Aber wenn die Wolken verschwinden, ist Lisa auch nicht mehr da.

In diesem Land ist es wie in vielen anderen Ländern.
Mal ist einem schwer ums Herz, und man ist traurig,
dann wieder fühlt man sich wunderbar leicht wie eine warme Sommerbrise.
Gut, dass man dort immer weiß,
warum man unglücklich ist.

Die anderen behandeln Eva komisch. Sie sind anders als sonst.

Sie lächeln sie traurig an, und Eva fühlt sich nicht wohl dabei.

Wo ist Lisa? Was macht sie? Was wird aus ihr?
Eine Freundin von Eva erzählt, dass Lisa im Himmel ist.
Ein anderer Freund glaubt, sie habe sich in eine Blume
oder in einen Baum verwandelt.

Eva weiß es besser,
aber sie sagt es niemandem.

Aus dem Land der verlorenen Schwestern
kann man nie mehr heraus.
Aber langsam verändert sich die Landschaft.
Die Nächte werden heller,
und man ist nicht mehr so traurig.

Eines Tages wird es Eva nicht mehr so wehtun.

Ihr Kummer wird nicht mehr kommen und gehen,

sondern einen Platz in ihrem Herzen gefunden haben.